新宿歌舞伎町俳句一家「屍派《しかばね》」

アウトロー俳句

北大路翼 編
Tsubasa Kitaoji

河出書房新社

パチンコ
エスパス
市ヶ谷
新宿駅東口
中央線
新宿駅
300M

ブックデザイン　髙橋克治（eats & crafts）
写真　秋澤玲央
編集協力　梅中伸介（verb）

風俗店、キャバクラ、ホストクラブが立ち並ぶ、
新宿歌舞伎町。

ラオケ
NANA
NANA
4000
空車

欲望が渦巻き、人々は騙し合う。
勝者になれば王のごとく振る舞い、
敗者は静かに街を去っていく。

まねき

そんな歌舞伎町の路地の奥で、
やりきれない思いを俳句に載せて
詠み明かす人たちがいる。

元ホスト、バーテンダー、女装家、
鬱病・依存症患者、ニート……。
〝はみ出し者〟ばかりだ。

下町のナポレオン
むぎ焼酎25
いいちこ
下町のナポレオン
むぎ焼酎25
烏龍茶

これは、新宿のアウトローたちが贈る
不寛容な時代に疲れたあなたのための
アンソロジー（句集）である。

hi-lite

はじめに

日本一の歓楽街、新宿歌舞伎町。

二〇一一年の新宿コマ劇場解体を契機に本格化した再開発により、街には健全な空気が漂うようになった。

それでも奥へ進めば風俗店、キャバクラ、ホストクラブ、ラブホテルなどがひしめき合い、猥雑な雰囲気は相変わらずだ。

ネオンの輝きが増す夜になれば、スカウトやキャッチがどこからともなく現れ、喧騒に華を添える。

そんな歌舞伎町のど真ん中。薄暗い路地の奥に「砂の城」というアートサロンがある。体重を乗せるたびに悲鳴をあげる古びた階段を三階まで上ると、八畳ほどのスペースがある。五人も座ればいっぱいになる穴蔵のような小さなカウンターだ。

ここで僕らは新宿歌舞伎町俳句一家「屍派《しかばねは》」を名乗り、句会を行っている。月一の定例会以外にも、人が集まれば自然発生的に句会は開かれる。

集まる面々は、ニート、女装家、元ホスト、バーテンダー、ミュージシャン、医者、彫刻家など、市井の句会ではまず見かけない者たちばかりだ。

参加者は年々増え、地方在住でツイッターに句を投稿してくるメンバーも含めると、二百人は優に超えているだろう。

途中参加も、退席も自由だ。屋根裏部屋で膝を突き合わせながら、明け方まで俳句を詠んでいる。

ちなみに、屍派という名称の由来は、酒の席で命名されたため、定かではない。「白樺《しらかば》派」をもじって「屍派」になったという者もいれば、一年中寝ないで騒いでいる様子が屍みたいだったからだと指摘する者もいる。いまでは生まれ変わるための屍だと思っている。

屍派を率いるのが、僕・北大路翼。昼は働きながら、俳人として活動している。夜は「砂の城」の城主として呑んだくれている。

本書では、そんな歌舞伎町を根城に句会を主宰する北大路翼と新宿歌舞伎町俳句一家・屍派による「アウトロー俳句」の数々を紹介していこうと思う。

KOMA

目次

Ⅳ 秋雨

I

厳冬

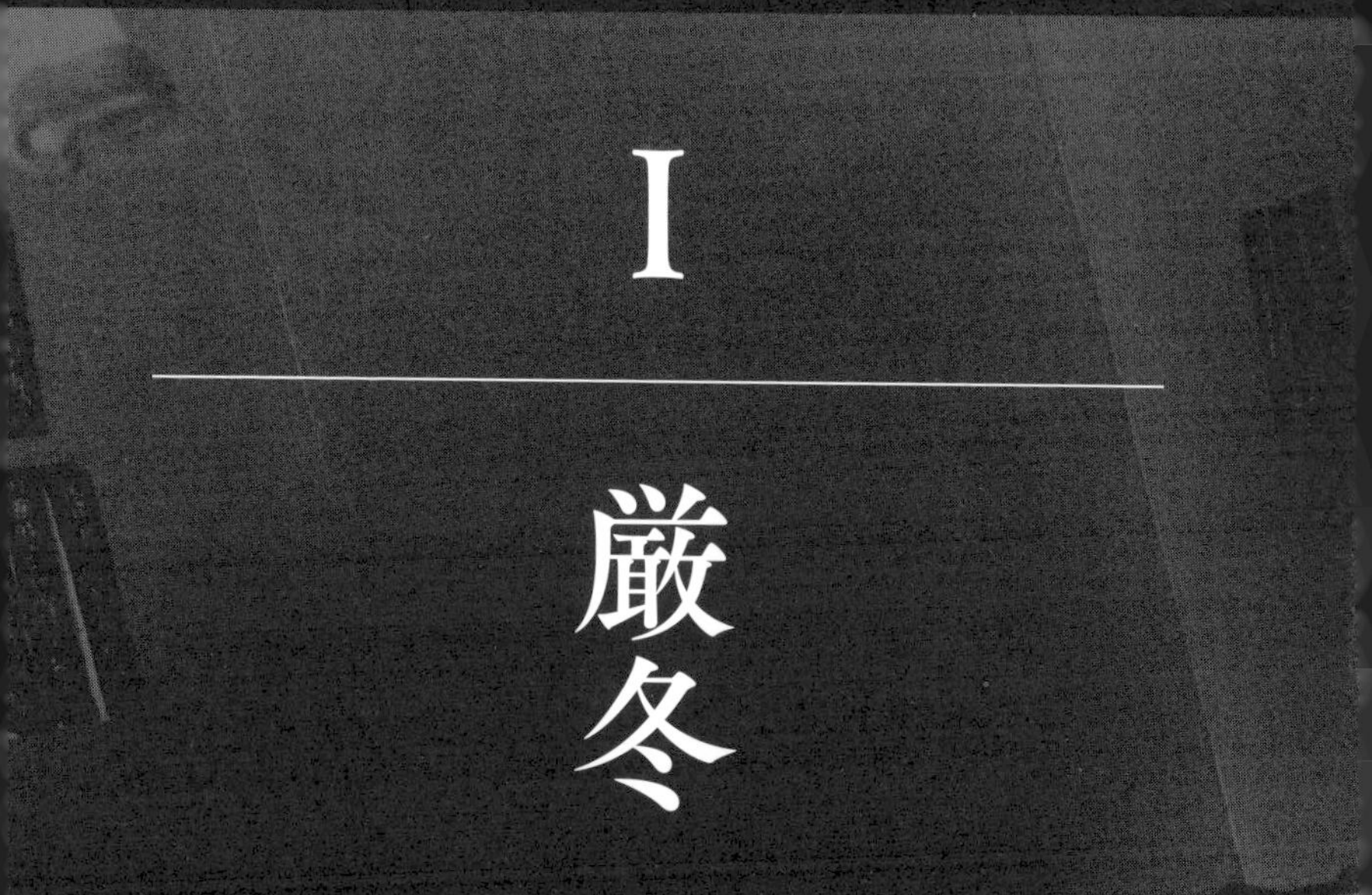

もぐらから雪のふる日を聞いてきた

歌舞伎町にも雪は降る。一瞬だけなら誰でも白くなれる。

とうま

軽トラで持っていかれたぬひぐるみ

YUDU

泣いている女の子は作者自身か。トラウマな「ドナドナ」（仔牛の歌）。

キャバ嬢と見てゐるライバル店の火事

年末になると火事が増える。恋の小火《ぼや》騒ぎ。

北大路翼

司教様海鼠《なまこ》はそこに入りません

BL（ボーイズラブ）モノは強引なのがいい。

二階堂鬼無子

この毛布ぢやないときつと眠れない

枕はぜったい腕か膝。

左久間瑠音

今日だけは網走《あばしり》の夜吹雪《ふぶ》くなよ

悼《いた》む高倉健。健さんは男の教科書でした。

北大路翼

人妻の調教終へて神社まで

ＳＭは神聖な儀式だ。調教をしないと捧げ物にならない。

伊藤他界

更新の度寒々《たび》とワンルーム

孤独死は老人だけの問題ではない。独り身の私もいつか……。

山中さゆり

ゆっくりなら火箸でも大丈夫

句の中身は問うまい。見えない人と話しているのだろう。

とうま

浣腸の減らぬ戸棚や冬埃《ふゆぼこり》

もちろん医療用ではない。かといって観賞用でもない。

地野獄美

素人の骨折を待つ雪の峰

スノボーなんかやるから。雪合戦なら骨折じゃ済まないけど。

五十嵐箏曲

呼吸器と同じコンセントに聖樹《せいじゅ》

菊池洋勝

おいおい、お前らは俺の命よりクリスマスが大事なのかよ。
病室に流れるクリスマスソングが虚しい。

トナカイの格好のまま舌打ちす　才守有紀

なんでクリスマスに俳句なんかやってんだろう。屍派最年少の現役女子高生。

初夢をどうか覚えてますように　木内龍

幸せな奴だ。作者には年下の彼女がいる。

一番えらいのは伊達巻を考へた人

伊達男が作るから伊達巻という。本当の由来は知らない。

咲良あぽろ

大根を静かにさせて漬ける祖母

料理の句なのに手術のような冷たさがある。病む大根。

寅吉

木枯《こがらし》がバンドエイドを硬くする

身に覚えのない傷がそこかしこに。酒は記憶が飛ぶまで呑みたい。

照子

ウォシュレットの設定変へた奴殺す

我慢する男には痔持ちが多い。

北大路翼

目の前でされるピンハネ懐手《ふところで》

財布なんか持ってないんだろうな。
そのままポケットにくしゃくしゃの金を突っ込む。

喪字男

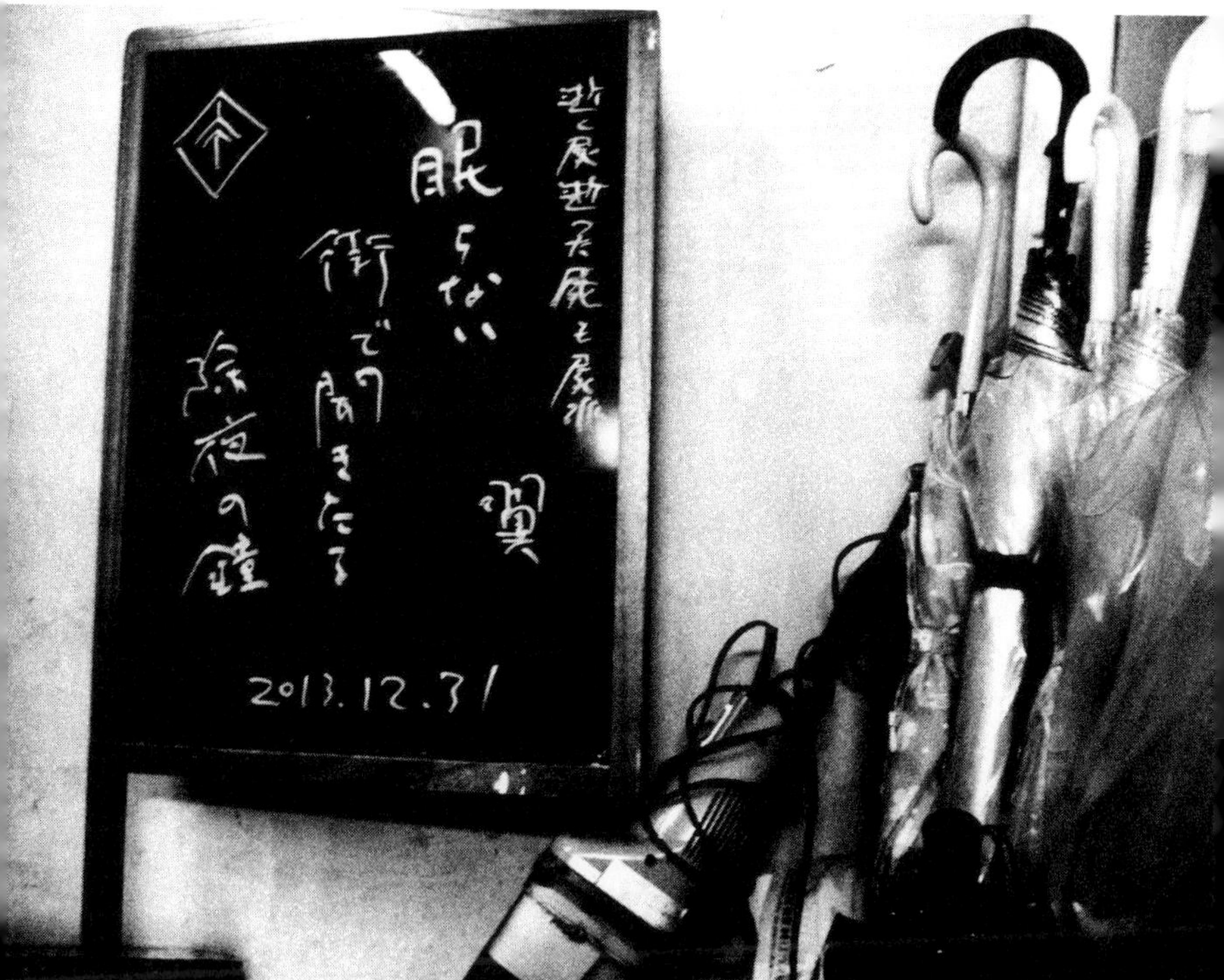

眠らない　翼
街で聞きたる
除夜の鐘
2013.12.31

レースまへ梅宮辰夫のトークショー

下村猛

年末の大一番賞金王決定戦。
舟券とは関係ない微妙なゲストが来ることが多い。

降りそそぐもののひとつに肉豆腐

二階堂鬼無子

ボリューミーな肉豆腐は小汚い居酒屋の定番メニュー。
新宿のゴールデン街や横浜の野毛にはこんな店がまだ残っている。

もう会はぬ奴に鯛焼き買うてやる

学校なんてつまんねー。早く卒業したいんだよ。

才守有紀

コラもっと端っこ歩け懐手

連行中。無罪でありますように。

KAZU

小さき鯛焼きＪＫリフレならではの

チンしただけでも手料理。

北大路翼

五十嵐が冷たくなつて動かない

等曲（五十嵐等曲）のことじゃないよ。

一本足

肩の雪払って私《し》刑《けい》執行す

自分たちで決めたルールだ。守れない奴には消えてもらう。

北大路翼

かつこいい車に乗つてゐて寒し

車種はわからない。

喪字男

駐車場雪に土下座の跡残る

咲良あぽろ

土下座した頭を踏まれたのだろう。ホスト同士の小競り合いでよく見かける。

3,800
¥4,800

大トロを少し大きな声で言ふ

バースデーはシースー。歌舞伎町にも寿司屋は点在。

木内龍

火を通すあまりおいしくない鮪《まぐろ》

生きる知恵。道に落ちている物も洗えば食える。

五十嵐箏曲

湯たんぽの中に眠れぬ猫がゐる

屍派は夜行性。深夜を過ぎると不眠の愚痴でツイッターが賑わう。

地野獄美

掃除機に入らうとして止められる

過剰なぐらいがちょうどいい。吸われる前に飛び込んでやる。

とうま

口で泡作れる特技春を待つ

えへへ、私かわいいでしょ？

照子

北関東浣腸師範と二月去る

カメラマンは現場を選ばない。
そして片づけも仕事のうちだ。

二階堂鬼無子

この街を出るため寒鴉《かんがらす》の餌に

ゴミ置き場に俺の死体が捨ててある。

北大路翼

JUMBO
パチンコジャ
BIG ECHO
270

新宿コマ劇場が消え、屍派が生まれる

屍派が生まれたのは、僕と作家の石丸元章氏との出会いがきっかけだ。

二〇一一年が終わろうとしていた頃だったと記憶している。ある夜、「砂の城」で呑んでいると、石丸氏がふらりと訪ねて来た。氏のドラッグをテーマにした著書『SPEED』は拝読していたが、面識はなく、ましてや氏が俳句をたしなんでいるとは知らなかった。

しかし、意気投合するのに時間はかからなかった。酒を酌み交わすうち、「俳句で街を埋め尽くそう」と盛り上がった。

当時、歌舞伎町のシンボルだった新宿コマ劇場の取り壊しが進んでいた。街に愛着を抱いていた僕らは俳句を詠み、消えゆく歌舞伎町を記録することを企てたのだ。

二人で通りをえんえんと歩き、情景を目に焼き付けながら、句を詠む。いわゆ

る「吟行《ぎんこう》」の始まりだった。

吟行は俳句の世界ではポピュラーな催しだ。しかし、庭園や旧跡といった、風《ふう》光明媚《こうめいび》な場所で行われるのが常。赤ちょうちんやネオンで埋めつくされた歌舞伎町のど真ん中で吟行するなんて聞いたことがない。

元ジャンキーの作家と、はみ出し者の俳人。僕らしい舞台ではあった。


酔っ払いやポン引きをかき分け、一晩中、徘徊した。句がひらめけば、手にした短冊にしたためる。

風流な花鳥風月はないが、足元を照らすまばゆい看板や妖艶な夜の蝶たちがいた。それらをネタに無数の句を詠み、そして罵倒し合った。

「俺のほうが巧《うま》い」

「なんだその句は！」

帰路についても意地の張り合いは終わらなかった。お互いに疲れて眠るまでツイッターに投句し続け、罵り合った。

何度か吟行を繰り返しているうちに、ギャラリーが増えていった。

動画を撮影し、ユーチューブで配信してくれる人。

二人が詠んだ句を清書し、ツイッターで実況してくれる人。

嬉々として徘徊する僕らに感化されたのか、句を詠み出す者まで現れた。


そこで散会したあと、「砂の城」に戻り、何人かの仲間たちと句を詠んでみることになった。お題を用意し、みんなで詠み合う句会が始まったのだ。

その場で考えた句を短冊に書いていく。短冊といってもノートをちぎって作った、ただの紙切れだ。

できた句は、ビニール袋に入れて、指名した披講《ひこう》（読み上げ役）によって、一句一句読み上げられていく。名前は伏せられているので、誰の句なのかはわからない。

こうして酒を呑みながら、俳句を肴《さかな》に笑い合った。


屍派の句会は笑いが絶えないのが特徴だ。

俳句には堅苦しい、古臭いといったイメージがつきまとう。しかし、俳句に人生を捧げた僕にとって、句会は最高のエンターテインメントだった。道具もいらず、たった十七文字で完成する手軽さも良い。それでいて、奥が深い。

その思いを共有してもらうには、その楽しさを実感してもらう必要があった。僕はどんな句でも良い点を見つけ、とにかく笑って喜んだ。俳句になっていなくても、言いたいことが伝われば良しとした。

誰だっていきなり良い句ができるわけじゃない。季語やルールも知らない。できなくて当たり前だ。しかも、人前で自作の句を発表するのには勇気がいる。下手ならなおさら恥ずかしさを感じるだろう。

そこで僕は面白さを優先し、大喜利の司会のような役に徹したのだ。

こうして集まった新宿歌舞伎町俳句一家「屍派」だが、すぐにこれは素晴らしい遊びになると確信した。

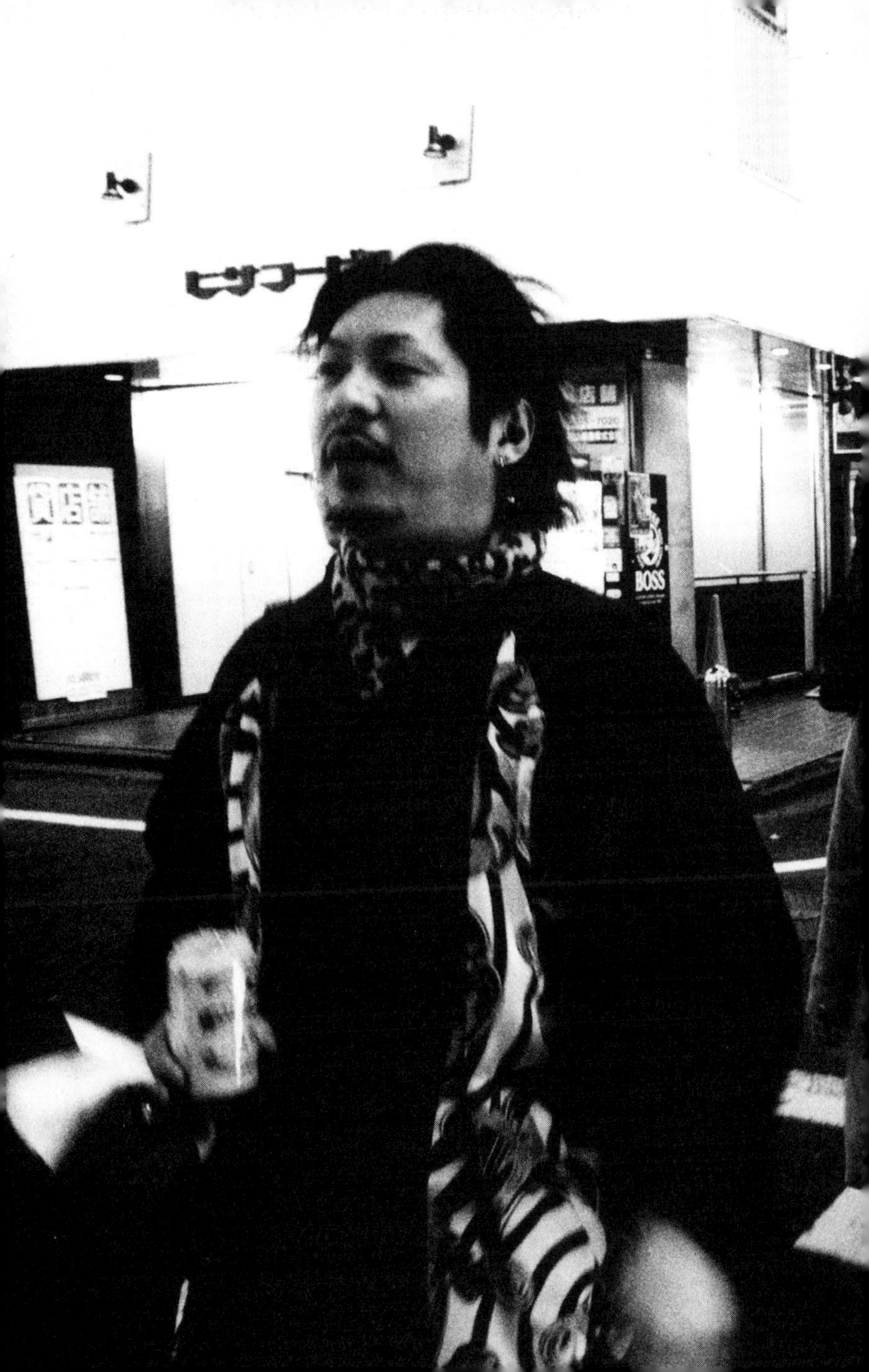
BOSS

II

春寒

濡れた手で電気に触るる雛《ひな》の客

喪字男

触るなよ、触るなよ。ダチョウ倶楽部か。

富士そばのトイレは二階春遅遅《はるちち》と

北大路翼

三下《さんした》は食事に時間をかけられない。ましてや座って食べることは許されない。

パンクスに両親のゐる春炬燵《はるごたつ》

五十嵐箏曲

メイクを落とすと誰だかわからない。

太陽にぶん殴られてあつたけえ

朝まで呑んで店の外に出ると本当に殴られた気がする。

北大路翼

石鹼玉《しゃぼんだま》舌に苦味の残りたる

吸うのは得意なんだけど。

富永顕二

海小吃
103
909
激流
Mishio Suzuki
Debut!!

焦りゆゑ子を産み手鏡の曇り

武田海

作者は彫刻家。ここでの「子」は当然作品のこと。焦りが切実である。

水温《ぬる》む岐阜屋の拭いてゐない皿

北大路翼

新宿西口・しょんべん横丁の名店。客の回転が早く、皿が乾く暇もない。

野を焼いたホストは在籍してますか

新宿は余所者《よそもの》の集まり。新宿生まれ新宿育ちは存在しない!?

二階堂鬼無子

床擦れを洗ふ日毎《ごと》に水温む

病床にも季節がある。患部は特に敏感だ。

菊池洋勝

MYLORD
ようこそ

ネクタイの青き炎や蝌蚪《かと》生《うま》る

寅吉

不良は柄モノを着こなせるようになってようやく一人前だ。ネクタイもまたしかり。

＊蝌蚪＝おたまじゃくし

鳥交《さか》る外しまくつてゐるダーツ

照子

危ないなあ。たぶん作者は決断するときに目をつぶってしまうタイプ。

春一番次は裁判所で会はう

元嫁とは会いたくないが、子供には会いたい。
親権はどちらのものになるのか。

喪字男

春の風邪キスをしてもうつらない

布羽渡

こんなことを言われたらドキドキしちゃう。美人バーテンダーのおねだり。

白木蓮《はくもくれん》散る鳥籠を捨てに行く

可愛がりすぎて死んでしまった鳥。不器用さが魅力の愛され系若手俳人。

中山奈々

人類のかつて桜と呼んだもの

花も女も一枚の画像である。名古屋で写真俳句に孤軍奮闘中。

富永顕二

純米大吟醸
雪鶴
わかば

老婆かと思ったら内田裕也

花乃こゆき

ロックってなんなんだろうね。女装家もロックシンガーも長髪にしがち。

春《しゅん》愁《しゅう》や喪中葉書に御飯粒

龍翔

屍派の結成当時に四人の同志が自死を選んだ。喪中葉書など来なかったが。

鞦韆《しゅうせん》やこのまま消えてしまひさう

Peach

童心の中にも滅びの匂い。夕闇が迫る。

*鞦韆＝ブランコ

万引きの老人とゐる春の暮

喪字男

しょうもないもんをしょうもない老人がかっぱらう。大阪・西成の日は暮れて。

蒲公英《たんぽぽ》は倒れてゐることが多い

五十嵐箏曲

作者も。

歌舞伎町で俳句を詠む理由

屍派の面々は、さまざまなバックグラウンドを持っていた。

歌舞伎町には他の街にはない、懐の深さがあると思う。都会では人々は一定の距離感を保って、人づき合いをする。傷つかないよう自分を守る生きる術だが、街によってはそれが過度で冷たいと感じるときもある。

歌舞伎町にはひどく狭いお店や横丁も多いからなのか、その点、フランクだった。カウンターで隣に座った見知らぬ人にポンと肩を叩かれ、話しかけられることも珍しくない。だからいろいろな人が居場所を求めて、集まってくるのだと思う。


そんな歌舞伎町に集まる人々が詠む句は、飾らない魅力で溢れていた。余計な知識がないぶん、表現がストレートで何でもありなのだ。

日頃、自分が感じている心情をそのまま発露していた。それは長年、俳句を詠む僕が待ち望んでいたことだった。

俳句には教養が不要、というのが僕の哲学でもあったのだ。季語を学び、俳句の知識が増えるほど、ありきたりの句を詠むようになりがちである。山が美しい、花がきれいなど、風流を気取りたくなるからだ。もちろんそれも悪くないが、都会に住む人たちにはリアルではないし、僕が求めている俳句ではなかった。

俳句をかじったことのある人は、「夏＝暑い」としか詠まないが、実際には寒いと感じる状況だってあるだろう。常識にとらわれた、型にはまった句を詠みがちなのだ。


屍派の句会では俳句のベテランとして、誰かが詠んだ句を添削することもある。この言葉に変えたほうが想いや情景が伝わると、お手本を示すことでコツがつかめるようになってくるし、上手に詠めるようになれば、どんどん自信がついてくるからだ。

もちろん直しすぎては悪い癖がついてしまうため、添削には細心の注意を払っている。普通の俳人と変わらない句を詠むようになってしまってはつまらない。

いろいろなテクニックを覚えると、七十点くらいの及第点の句はすぐに詠めるようになる。しかし百点の句を狙うなら、小手先で詠むのではなく、一発ホームランを狙うつもりで大振りする必要がある。それが屍派の俳句の醍醐味でもある。

俳句は、十七文字と使える言葉に制限があるが、作者の人生観や視点、人間性などが如実に現れる。

屍派にはドロップアウトした経験を持つ、はみ出し者が多かった。みんなと同じであることを強要される社会に居心地の悪さを感じ、距離を置いていた。

たとえばタトゥーが入っているだけで、まともな職にありつけないこともある。したがって、常識に対して懐疑的な視点を自然と持っていたのだ。

もし、新米でもまずいと感じたら、その気持ちを素直に詠むのも俳句だと僕は思う。新米なら何でもありがたがる風潮があるが、まずいお米に出合ったら残せばいい。農家に失礼だとか、そんなことは知ったことではない。

差別的な句を詠んでも、思ったことを包み隠さず詠んだほうが、心に響く俳句になるだろう。道徳を俳句にする必要はない。常識的なことを詠んでも俳句は面白くならないのだ。物事を多面的に見て、みんなが見ている景色から少しズラしてあげることが大切である。

歌舞伎町で詠むから出合える俳句があったのだ。こうして僕は屍派の句会にのめり込んでいった。

III

炎天

威勢よく鰹《かつお》を食つて傘はねえ

一本足

シブガキ隊＋井上陽水。屍派はこのへんの懐メロに過剰反応しがち。

屁理屈も理屈もピンクさくらんぼ

論理なんてどうでもいいのだ。失敗することが多いけど。

北須賀香

きもだめしゾッとするほどいい男

抱きしめることができないのは幽霊と絵の男。日本画専攻中。

脇野あや

さきほどのバナナですがと電話来る

二階堂鬼無子

バナナも昔は高級品。マダムたちの昼のアバンチュール。

ノーブラと分かる丸首夏のシャツ

病床からの投句。寝ていてもチャンスは転がっている。

菊池洋勝

自転車のサドルを全《すべ》て薔薇にせよ

照子

もちろん棘《とげ》はそのままで。

薬師丸ひろ子五十三歳快感です

こーたろー

薬師丸ひろ子は一九六四年六月九日生まれ。

カーネーション父が誰だか分からない

ゆなな子

母親だって怪しいものだ。その血を引いてか、やたらと惚れっぽい。

父の日の競艇場へ無料バス

行きはよいよい、帰りは怖い。だめな父親。

津野利行

避妊具は出来損なひの熱帯魚

なんでこんな男に抱かれてしまったのだろうか。後悔はしてないけど。

西生ゆかり

恋人を殴れば冷蔵庫が喋る

最近の家電はうるさい。冷やすかって？　冷やしてやれよ。

北大路翼

おい、小池！　明日はプール開きだぞ

どの指名手配写真を覚えているかでその人の年齢がわかる気がする。

北大路翼

探さねばならぬ遠泳後のちんぽ

夏の海といえど沖のほうの水は冷たい。息子よ、どこへ行った。

五十嵐箏曲

煙草吸ひながら浮輪の空気抜く

いついかなるときも咥《くわ》える煙草。火が落ちても構わない。

北大路翼

踏切の音になりたい夏休み

このまま飛び込んだら楽になるんだろうな。一人称はふしぎちゃん。

ふしぎ

平均が四十路を超えた合コンは臭い

デルモとおっさんの変な合コン。金の匂いがする。

高橋あずさ

ウーロンハイたつた一人が愛せない

自嘲。

北大路翼

ザリガニの腐つた匂ひ家近し

カープファン。鯉もザリガニも濁った水にいるのだろう。

だらいらま

恐ろしや花火も母になる君も

女はすぐに裏切る。

西生ゆかり

夕涼み時は200X年

僕たちの聖書は『北斗の拳』と『魁!!男塾』である。

五十嵐筝曲

ボートの結果知り泣き崩れる母

下村猛

この頃は仕事もしていなかったはず。母親から預かった大切なお金も……。

炎天や家なきものは常に寝て

北大路翼

働いても働かなくても死は平等に訪れる。

ねえさんのラムネ百本抜く覚悟

売り切らないと帰れない。

喪字男

蚊柱《かばしら》にぶつかりあやまってしまふ

いじめられっ子の習性ですぐにあやまってしまう。怯《おび》えながら生きる日々。

五十嵐箏曲

浴衣着て立ってるだけのアルバイト

客引きにも季節はある。店内に入ればいつも通りだけど。

北大路翼

蟻地獄だけどボーナスが出ました

転職や離婚で忙しいそうだけど、貰うものは貰っておかないとね。

富永顕二

でいいやと注文されるハイボール

木内龍

「砂の城」はウーロンハイかハイボール。ビールがあったらラッキー。

ごきぶりを笑へる飲食屋でありたい

北大路翼

「砂の城」のこと。

青空に球児ぢやないのが夢託す

一本足

この暑いのに働いたら熱中症になるよ。夢も希望もない三十代後半無職独身。

焼

ここにないものに憧れ遠花火《とおはなび》

なんでも電話一本で手に入る歌舞伎町。欲望は無限だ。

北須賀香

片陰《かたかげ》や一つくらゐは俺のビル

雑居ビルの利権は複雑。どこが誰のものかは誰もわからない。

天宮風牙

山盛りの麦飯《バクシャリ》嬉し立ち作業

最近作者を見かけないが、またそちらの世界でお勤めでしょうか。

KAZU

全員サングラス全員初対面

そして全員黒づくめ。次会うときは敵か味方かわからない。

西生ゆかり

トイレにも団扇《うちわ》の置いてあり実家

うんこを拭いた手で使い回し。田舎ではあたりまえの風景。

喪字男

噴水が吐き出してゐる同じ水

何もしないうちに老いてゆく。

五十嵐箏曲

水母《くらげ》に刺された跡も話題にすらならない

刺青も入れたのに。屍派を破門になっているけどよく見かける。

神尾良憲

屍派は「人間再生工場」

俳句を詠む理由は人それぞれだった。屍派で俳句と出合い、日課のように詠み始める人もいれば、句会で仲間たちと時間を共に過ごすことで、止まっていた人生の歯車が動き出す人もいた。

初期からいる五十嵐箏曲もその一人だった。

小説家志望でニートだった彼は、人づき合いが不得手だった。職業体験に行ったはずなのに必要以上に怒られ、アルバイトをしても長続きしなかった。大学に進んだものの、自信をなくし、居場所を見失っていた頃、屍派にやって来た。

句を詠む楽しさを覚えた箏曲は、積極的に句会にも参加し、みんなからいじられて心地よさそうに見えた。

いまでは日常的に俳句を詠み、屍派とは別の句会まで自分で立ち上げている。

ちなみに、屍派では本名ではなく俳名で活動することを推奨している。「筝曲」は双極性障害《そうきょくせいしょうがい》がその名の由来。俳名を付けるときは、僕が名付け親になることが多い。

歌舞伎町は誰でも受け入れてくれる懐の深い街だが、キャラクターを作りやすい場所でもある。ホストクラブやキャバクラの多い地域で源氏名のほうが定着している人もいれば、隣で呑んでいる人に勝手にあだ名を付けられることもある。別の名前、別の顔を持っていれば、何かトラブルがあっても、本当の自分は傷つかずに済むという利点がある。この街にいる間は、そのキャラを演じていれば良いので、すごく楽なのだ。

流しのマッサージ師だった咲良あぽろも当初からのメンバーで、彼女がいたから屍派を立ち上げようと決意したといっても過言ではない。

なぜなら、初めての句が「駐車場雪に土下座の跡残る」だったからである。初めてでもこんなにセンスのある句が詠めるなんてと、屍派に可能性を感じたのだ。土下座の句なんて、いままでの俳句で見たことはない。

いまでは圧倒的なセンスに加え、ひとひねり加えることができるようになってきた。楽しそうに句を作っているのもいい。

俳人として頭角を現しているメンバーはほかにもいる。

日本とインドを往き来する西生ゆかりは、始めて半年で俳誌『街』の新人賞を受賞した有望株だ。いま、自分で仲間を集めて句会を開くほど俳句にハマっている。

現役女子高生の才守有紀も今年、「俳句甲子園」の埼玉予選で最優秀句賞を受賞した。彼女は担任の先生から僕の句集『天使の涎』を勧められて、俳句の見方が変わった。

長らく、披講を務めたのは、とうまだ。彼は音楽をやっていたため、抜群に読むのが上手かった。俳句はリズムや抑揚など、読み方ひとつで趣きが変わってしまう。そのため当初は、とうまが読み上げ役を一手に引き受けてくれた。

そういう意味では素人集団だったとはいえ、句会を運営できるだけの役者が揃っていたのかもしれない。

句会から巣立っていったメンバーもいる。

バーの店員として働いていた繫は参加するうちに、さまざまな価値観に触れ、人生を見つめ直すようになった。そして、本格的にバーテンダーのいろはを学びたいと卒業していった。

不器用な人間が多かったが、俳句を通じて、親交を深め、新たな目標を発見する。屍派の句会にはそんな癒しの作用もあったのだ。

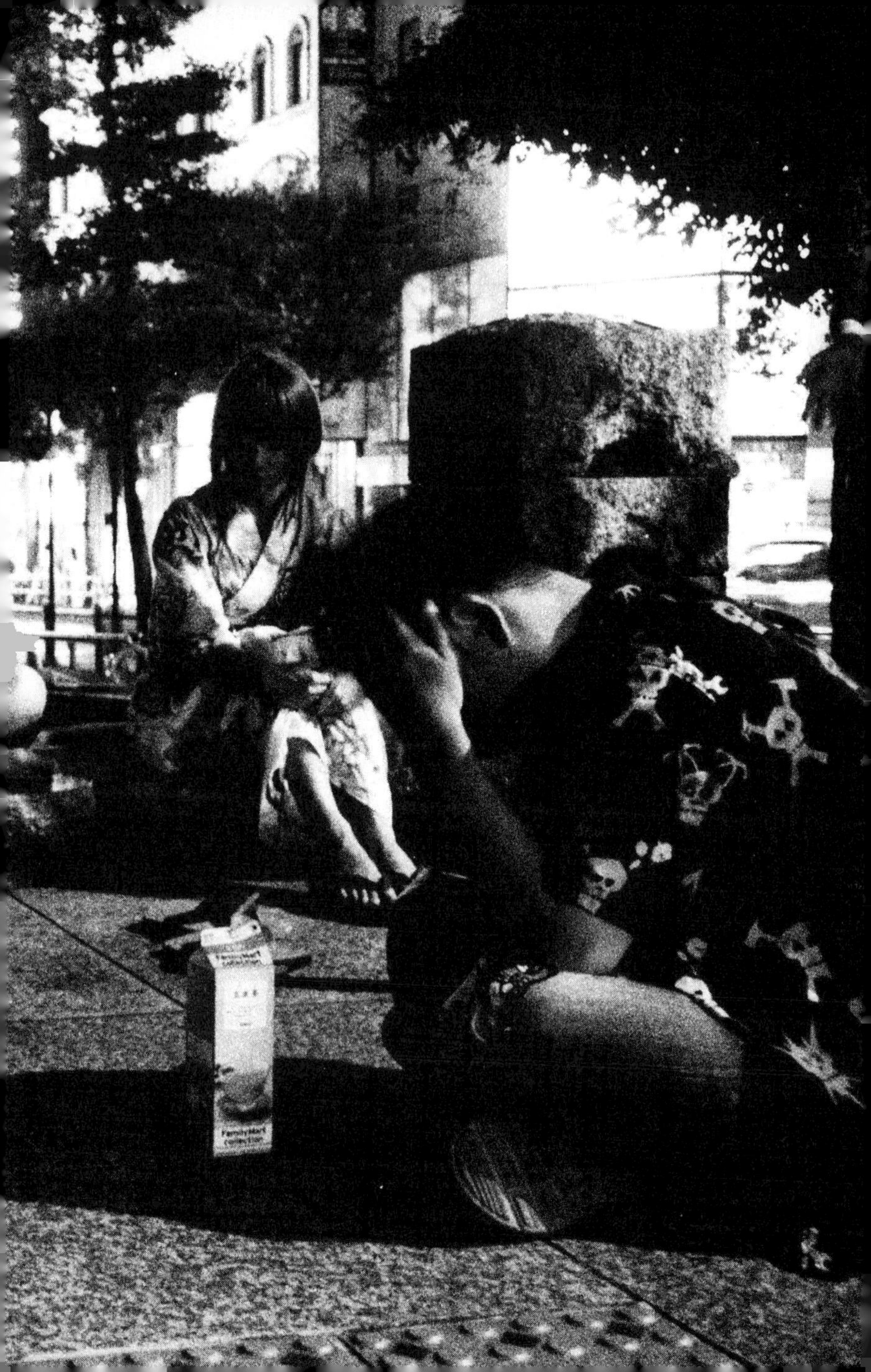
FamilyMart
collection

IV

秋雨

どうせなら桃は触って選びたい

五十嵐箏曲

何かと執着してしまう作者。頼まれた桃も渡すときには指の跡がくっきり。

好きなのは少し壊れてゐるところ

いつだって恋をしていないとおかしくなっちゃう。

白熊左愉

蓑虫《みのむし》の中にこつそり二人居る

西生ゆかり

隠れるによし、愛し合うによし。あれ、あそこの蓑虫揺れ方が激しくない？

わしらみなアンチ巨人や月尖《どが》る

北大路翼

くたばれ読売、くたばれ読売～♪

六本木ヒルズに行つたことがある

海音寺ジョー

いいね！

MOA
モア
手相

地面から剝《は》がす切符や秋の雨

地面に落ちたものはみな踏まれてゆく。踏む側の人間になりたい。

寅吉

看板が濡れてお客が入らない

二、三日留守にすると、歌舞伎町はすっかり景色が変わってしまう。

脇野あや

夜長し見えないものに触りたる

電気を消すと怖いなあ。そこにいるのは誰?

布羽渡

トイレットペーパーがないから北大路

別名・うんこ先輩。家元とはよく一緒に酔いつぶれた。

繋

赤い羽根つけて推定Fカップ
偽善者はこの世から消えてほしい。巨乳には馬鹿が多いと思う。

五十嵐箏曲

カーナビを信じて沈むスポーツカー
文明はやがて人類を滅ぼす。お金持ちから順番に滅びればいい。

咲良あぽろ

勉強法ジャンプの後ろの方《ほう》にある

マッチョになったり、金運がアップしたり。
力と金に憧れるのは子供の頃と変わらない。

布羽渡

ジョナゴールド吉幾三の津軽弁

吉幾三の奔放さに憧れる。酒と女に自由でありたい。

ゆなな子

そぞろ寒《ざむ》捨てたエロ本もう一度

最近は家元もエロ本に取材されるようになった。

布羽渡

ラジカセをガムテで留めて村祭

CDですらない。

喪字男

柘榴《ざくろ》から生まれる皮膚のない子供

何が普通で、何が異常なのか。
いつも自分だけがおかしいのだと落ち込んでしまう。

照子

傷林檎君に逢へない夜《よる》は死にたし

愛は不器用でいい。

北大路翼

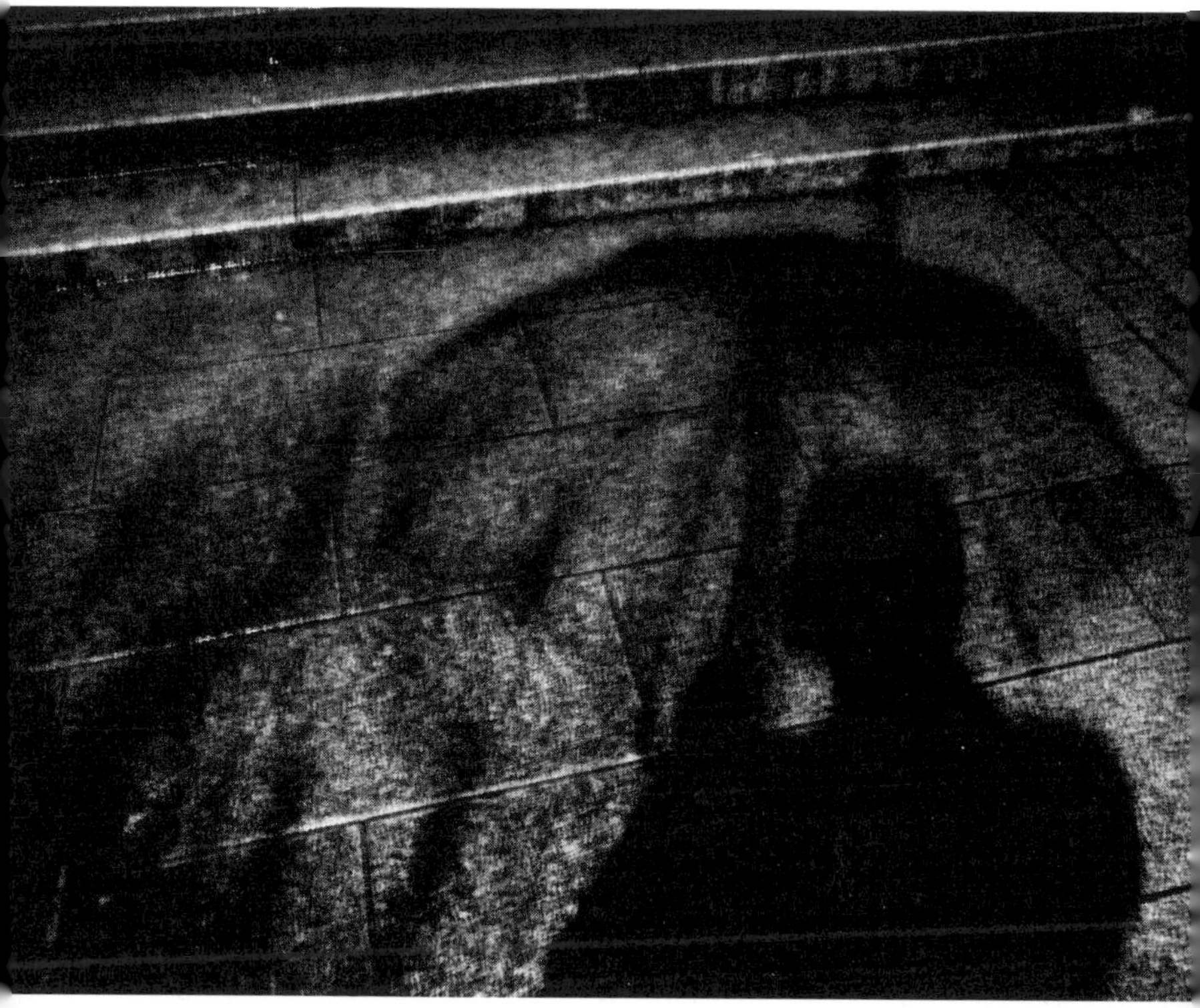

家元・北大路翼とは何者なのか

僕自身のことも少し話そう。

俳句との出合いは小学五年生の頃だった。教科書で種田山頭火のことを知り、自由奔放な生き方と個性的な句に衝撃を受けた。以来、自分でも見よう見まねで詠むようになり、日記の最後に一句したためるのが日課になっていった。

思春期になり、周囲の友だちがバイクにハマり、グレるようになっても、ハイク、への興味が失われることはなかった。

俳句は自由で手軽。そして、社会に対する意思表示、アンチテーゼだ。世の中の常識に疑問を呈し、しがらみにはノーを突きつけることができる。

ルールはあるが、時にそれを破ることも美学になる。いわば不良と同じなのだ。これが僕の俳句観であり、俳句に魅せられた理由のひとつである。

だから屍派は有季定型にこだわらない。季語よりも季感、定型よりも自分のリズムを大事にする。

その後、高校生のときに現在も師と仰ぐ今井聖と会い、句会への参加や俳誌への投稿など、本格的に俳人への道を歩むことになる。

しかし俳句だけではなかなか食べていけず、働きながら、俳句を詠む日々を送っていた。ただ仕事の忙しさもあり、自分の作品を発表する時間が取れず、フラストレーションを溜めていたのだ。

そこに現れたのが、石丸元章氏だった。彼との吟行で、僕は鬱憤を晴らすように、詠みまくった。

俳句を詠むという行為には、少なからず恥ずかしさがつきまとう。しかし、大量に詠んでいるうちに表現することへの照れがなくなっていったのだ。そして、よりリアルな心情を詠めるようになっていった。

屍派のメンバーとの句会は純粋に楽しかった。僕の俳句の第二の成長期だといってもいいだろう。

手垢のついてない表現や一生懸命に詠もうとする姿勢に刺激も受けた。句会の僕の主な役割は司会兼解説者だったが、盛り上がるように場を回す役割は僕の性に合っていた。

さらに、彼らの句を添削することで、僕自身のテクニックも上がったと思っている。どうすれば句が良くなるのか、直し方の選択肢や文体のパターンが増えていった。

屍派を作り、これまで俳句とは無縁だった人たちに、少しずつ句を詠む楽しさを伝える。それはいまの僕の人間性を形成してくれた俳句への恩返しだと思っている。

屍派も人数を増やし、裾野を広げたい。そのためには僕自身がもっと有名になることも大切だろう。だからメディアにも出演するし、呼ばれれば他の句会に参加することもある。

しかし、負けは絶対に許されない。必ず最高の句を詠んで帰ってこなければいけないのだ。

家元が強くなければ、屍派の面々もすぐに僕のもとを去っていくだろう。会費を払っているわけでもなく、入会に条件も面接もない。だから僕が少しでも句会で手を抜いたら、あっという間に誰もいなくなってしまう。

そんなプレッシャーを常に感じながら、毎日、句を詠み、そして「砂の城」に立っている。

おわりに

円
完全個室
100m
New arrival!
Over 35000 comics
in store now!
High spec PC installed
3F・4F
ガールズバー

ストレスの溜まる窮屈な世の中だが、その捌《は》け口を皆さんは持っているだろうか。

生きていれば、苛立つことや、怒りに震えることもある。かといって、本音や不満を吐露できる場所は多くないと思う。だからツイッターや2ちゃんねる（現・5ちゃんねる）などに匿名のつぶやきや書き込みをして、憂さ晴らししている人が絶えないのかもしれない。

しかし、それとて身元がバレるリスクは孕《はら》んでいる。どうしても許せない相手がいても、その苛立ちを吐き出す術はないのだ。

同じように俳句で「殺す」と詠んだら、どうなるだろうか。不満をアートに昇華して表明すれば、誰にも咎《とが》められることはないのだ。

褒められた行為ではないが、俳句は心情を吐露する道具になる。世の中の常識を疑い、違和感を表明する意思表示として、使うことができる。それが僕の持論だ。

皆さんのなかには、俳句と聞くと、自分には無縁な世界だと身構えてしまう人もいるかもしれない。

しかし、俳句は無知なほうが良い。ひとりよがりの句でも想像をかきたてる〝余白〟が生まれることもある。

説明しすぎたり、共感を求めようとしたりすると、途端に陳腐になる。言葉足らずの余白があるからこそ、にじみ出てくる面白さがある。だから窮屈に自分のことばかり考えている人のほうが良い句を詠める可能性があるだろう。

屍派にやって来る人の多くは、社会とうまく折り合いをつけることができず、生きづらさを感じている。そういう人に限って、真面目すぎるのだ。

スウィン
ライス
ライス
ジイ丼
ンコライ

ドン.キホーテ
ブランド品高額買
カンタン
買取専門
eチケット
クレジットカードで
現金化
車両進入
路上喫

かっぱ
B1F
昼12時～
営業中
7·8F
0120-208-413
生ビール

俳句を上手く詠むためには、社会の見方を少し変えることが一歩となる。したがって、句を詠み続けると、自然といろいろな視点で社会と接することができるようになる。その力が身につけば、生きるのは少し楽になるに違いない。俳句は現代を生き抜くための処方箋なのだ。

社会に息苦しさを感じ、悩んでいる人、不満や苛立ちを抱え、その捌け口を探している人は、いつでも屁派の句会に参加してほしい。

積み重なった恨みつらみが暴発してしまう前に、俳句でストレスを発散しようではないか。

バカでもヒモでも構わない。あなたの生き様を肯定してくれる、古くて、新しい俳句の世界へ、皆さんをお連れしたいと思っている。

思い出の抜け道
since 1951
旬彩

謝辞

俳句の「毒」は恐ろしい。特に屍派の俳句は劇薬である。屍派のアンソロジーを編むにあたり、集まった句は二千句以上。新宿の片隅の活動としては驚異的な数だと思う。投句者は五十七人。

新宿で俳句を作り始めた頃はこんな日が来るとは思わなかった。僕を信じて投句してくれた馬鹿野郎たちの愛に涙を禁じえない。お前たちの声が心強かったよ。ありがとう。

本書に作品を掲載した人たちは紹介文を巻末につけたので合わせて見てほしい。それが僕からの小さなお礼だ。

とはいえ、収録句数を百八句に絞ってしまったので、かなりの人たちを紹介できなかった。そのなかには初期からのメンバーもおり、心苦しかったが、選句には私情を挟まないというのが僕の信条なのでご容赦いただきたい。掲載句には若干の朱も入れてあるので、すべての責任は僕が取るつもりだ。

選句に際しては「アウトロー俳句」の旗印になるような句を優先した。他にも俳句としてよくできた面白い句もたくさんあったが、アウトローな要素がないものは思い切って選外とした。

僕の考える「アウトロー」の定義も曖昧なものであるが、これだけは言える。アウトローとは、つらさ、苦しさ、愚かさ、哀しみ、怒り、妬み、嫉《そね》みなどをすべて受け入れてしまう寛容さだ。要は愚鈍で立ち回りが下手なだけかもしれないが、それを優しさだと僕は思いたい。つまり、不良は優しくなければいけないのだ。

写真はずっと僕たちを撮ってくれている秋澤玲央氏にお願いした。彼の写真がそのまま僕たちの成長の過程である。心より感謝している。

さーて、これからは「新宿しゅつぱーつ」だ。

二〇一七年　一の酉が始まる頃

北大路　翼

作者紹介（五十音順）

【天宮風牙　あまみや・ふうが】　職業不詳の中年男性。一日中ツイッターでしょうもない絡みをしている。何をしているかよくわからないが、金は持っている模様。

【五十嵐箏曲　いがらし・そうきょく】　双極性障害だから箏曲。一番よく家元の句を覚えているが、「打倒北大路」を掲げ、屍派とは別に自分の句会を立ち上げた。憧れているからなのか、倒したいからなのかわからない。

【一本足　いっぽんあし】　自称画家のアラサー。女に縁遠く、テレビ出演時に明石家さんまからその痛いキャラをいじられまくった。

【伊藤他界　いとう・たかい】　サウンドデザイナー、作曲を小林亜星氏に師事。中学生の頃に読んだジョルジュ・バタイユの作品の影響を受け、詩や哲学にも造詣が深い。独学で俳句を始めて一年ほど。

【海音寺ジョー　かいおんじ・じょー】介護職員。三度の飯より読書が好きで、休みの日はもっぱら図書館通い。屍派に憧れて、ツイッターから投句。

【KAZU　かず】獄中で俳句と出合ったミュージシャン。大麻取締法違反で執行猶予中、賭博開帳図利《とり》で逮捕。出所後も「獄中俳句」を発表し続けている。

【神尾良憲　かみお・りょうけん】家元と同い年のゴミ世代（一九七八年生まれ）。初代ルンバ（掃除係）として「砂の城」の屋根裏に一年近く居着いていた。幻覚、幻聴がひどいときがある。

【木内龍　きうち・たつる】もともとは酔っ払いの介抱係だったが、屍派の句会をきっかけとして積極的に俳句を詠むようになる。地味な性格とは裏腹に、鋭い言葉に驚かされる。

【菊池洋勝　きくち・ひろかつ】筋ジストロフィー患者。病床から屍派へ作品を送り続けている。ツイッターではやたら裸の女の画像をリツイートしているが、これも生命への賛歌なのだろう。

【北須賀香　きたすが・かおる】マイペースで摑みどころがない女。巻き込み事故多発系。天然なのか意図的なのかしょっちゅう名前を変えるので、誰だかわからなくなることがある。

【こーたろー】　歌謡曲、落語を趣味にする粋な男。カラオケでは三波春夫の『俵星玄蕃』を台詞入りで完璧に歌い切る。本職は球体人形師。

【西生ゆかり　さいしょう・ゆかり】　日本とインドを往き来する敏腕ビジネスパーソン。作品にはインド的無常観に基づく軽さと重さが共存し、俳句を始めて半年で、俳誌（結社誌）『街』の新人賞を受賞。

【才守有紀　さいもり・ゆうき】　相撲と俳句と観葉植物が好きな女子高生。将来への不安感や孤独感を抱いていたが、俳句との出合いで解消。二〇一七年、「俳句甲子園」の埼玉予選で最優秀句賞を受賞。

【左久間瑠音　さくま・るね】　外国語大学で短歌サークルに所属。自分の屍ならぬ「屍派」を越えてゆきたいと願っている。ちなみに口癖は「みなさんそろそろさようなら。またどこかで」。

【咲良あぽろ　さくら・あぽろ】　ゴールデン街をはじめ新宿を根城にして呑み歩く。屍派的には理想のライフスタイル。盆踊りをこよなく愛し、夏になると祭りを渡り歩く。

【下村猛　しもむら・たけし】　生まれも育ちも徳山競艇場（山口県周南市）。「競艇俳句」というより、「ギャンブル境涯詠《きょうがいえい》俳句」の第一人者。たぶん死ぬときも競艇場だろう。

【白熊左愉　しろくま・さゆ】　最古参メンバー。運命の恋を探して迷走中。自分の気持ちや思いをストレートに詠む「心情詠」が心地よい。屍派では希少なタイプ。

【高橋あずさ　たかはし・あずさ】　長身美女モデル。しかし作品は、華やかな見た目からは想像できない情念系。句会への参加率が極めて高く、「屍女子部」の中心的存在。

【武田海　たけだ・かい】　スペイン帰りの彫刻家。日本に戻ってから十年近く経つが、スペイン時代のラテンのノリがいまだに抜け切れていない。自作の『死ねない人』は家元が所蔵。

【だらいらま】　酒好きで始めたホストがハマりナンバーワンを務めるも三年で引退し、隠居生活を送っている。侘び・寂びに理解がある。広島出身なのでカープファン。

【地野獄美　ちの・たけみ】　生涯アングラ・サブカル。表舞台は似合わない裏方人生。仕事や離婚で苦労してきたが、いまは落ち着き始めている。初期メンバーで学生時代を大阪で過ごす。

【繋　つなぐ】　歌舞伎町を愛した男、そして歌舞伎町を卒業した男。ホスト、バーテンダーなどの職を転々としている。タロットカードを得意とするが、自分の運命はわからない。別名・うんこ先輩。

【津野利行　つの・としゆき】　小学校の元PTA会長。お堅いイメージを抱くが、ギャンブル好きのオヤジ。麻雀や競馬だけでなく、競艇にも手を出し始めた。

【照子　てるこ】　美大の卒業制作で「砂の城」を訪れて以来、そのまま居着く。アートはもとより俳句でも独自の感性を発揮。ミニコミ誌『扉』を不定期発行。

【とうま】　全身刺青の宇宙系ノイズ音楽家。音楽家だけにリズム感が良く、句会では披講を担当。屍派の句会スタイルを確立させた初期メンバー。

【富永顕二　とみなが・けんじ】　名古屋在住。己の信じる「写真俳句」の道を突き進む孤高のメンバー。『みちくさみち』というフリーペーパーを発行（現在休刊中）。

【寅吉　とらきち】　開業医。句会ではハイペースで句を量産し、家元をも驚かす。頭は良いが純粋すぎて、たまに暴走。屍派の医療担当で、胃痛時には勃起薬を処方してくれる。

【中山奈々　なかやま・なな】　俳誌『里』の編集長。古参の結社『百鳥《ももとり》』にも所属している。酒好きで、本人は酒癖が悪いと心配しているが、乱れたところを誰も見たことがない。

【二階堂鬼無子　にかいどう・きなこ】　カメラマン。屍派のHP担当。鬼無子とは鬼の子、蓑虫の別名。パーマ頭が蓑虫のようだったことからこの名がついた。二階堂は目の前に焼酎が置いてあったから。

【花乃こゆき　はなの・こゆき】　男の娘《こ》（女装をしているノンケ男性）。米国の大学でカジノ経営学を専攻していた秀才だが、「砂の城」でバーテンダーとして勤務。現在は池袋で女装子のカフェ＆バー「まほうにかけられて」代表。

【Ｐｅａｃｈ　ぴーち】　屍派の姐御として、名古屋からにらみを利かし、東京のやんちゃなメンバーを見張ってくれている。屍派唯一の良心。こういう人が一人でもいると安心。

【布羽渡　ふうど】エッセイの執筆も手がける美人バーテンダー。いつもフード付きの服を着ているイメージから命名。服飾系の学生だったので、「布」の字が入っている。

【ふしぎ】一人称が「ふしぎ」。もともとは短歌だったが、ツイッターで病みツイートを連発していたところを屍派に保護され、俳句に宗旨替え。酒豪。先日無職になったばかり。

【喪字男　もじお】大阪在住の麻酔薬マニア。中年のペーソスあふれる明るい自虐ギャグのツイートが泣かせる。苦労ばかりしているのは、根がいい人すぎるからだろう。

【山中さゆり　やまなか・さゆり】屍派のマネージャー的存在。営業職として働いた経験があり、イベントがあると献身的にサポートしてくれる。両親の介護のために退職。現在は実家のある群馬から新宿まで通っている。

【ＹＵＤＵ　ゆづ】屍派のテーラー。屍派のパーティーでは家元の衣装を担当。家元とは同い年で地元が同じだが、共通の知り合いがいるかどうかは不明。

【ゆなな子　ゆななこ】　福岡のメンヘラ詩人。自虐的なくせに虚言癖があり、ツイートも含めてどこまで本当かわからない。上京時には出会う人、出会う人に好きだと告白し、全員にフラれている。

【龍翔　りゅうしょう】　大阪の歌人。屍派のジェンダーのゆるさに共感。性格は優しく、大阪での歌人のオフ会では幹事を任されるなど面倒見がよく、包容力もある。

【脇野あや　わきの・あや】　美大の大学院生。日本画を専攻しているからか、俳句における言葉遣いも淡く、儚《はかな》い。いきなり丸坊主にしたりする根性もある。

北大路翼（きたおおじ・つばさ）

新宿歌舞伎町俳句一家「屍派」家元。砂の城城主。1978年生まれ。小学5年生より句作を開始。2011年、作家・石丸元章と出会い、屍派を結成。2012年、芸術公民館を現代美術家・会田誠から引き継ぎ、「砂の城」と改称。句集に『天使の涎』（邑書林、第7回田中裕明賞受賞）、『時の瘡蓋』（ふらんす堂）がある。屍派の活動はNHK「ハートネットTV」でも取り上げられ、大きな反響を呼んだ。

HP　http://shikabaneha.tumblr.com
Twitter　北大路翼 @tenshinoyodare
連絡先　shikabaneha@gmail.com

新宿歌舞伎町俳句一家「屍《しかばね》派」
アウトロー俳句

2017年12月20日　初版印刷
2017年12月30日　初版発行

編　者　北大路翼
発行者　小野寺優
発行所　株式会社河出書房新社
〒151-0051　東京都渋谷区千駄ヶ谷2-32-2
電　話　03-3404-1201（営業）
　　　　03-3404-8611（編集）
　　　　http://www.kawade.co.jp/
組　版　髙橋克治（eats & crafts）
印刷・製本　株式会社暁印刷

ISBN978-4-309-02641-1
Printed in Japan

The glorious beer of Cop